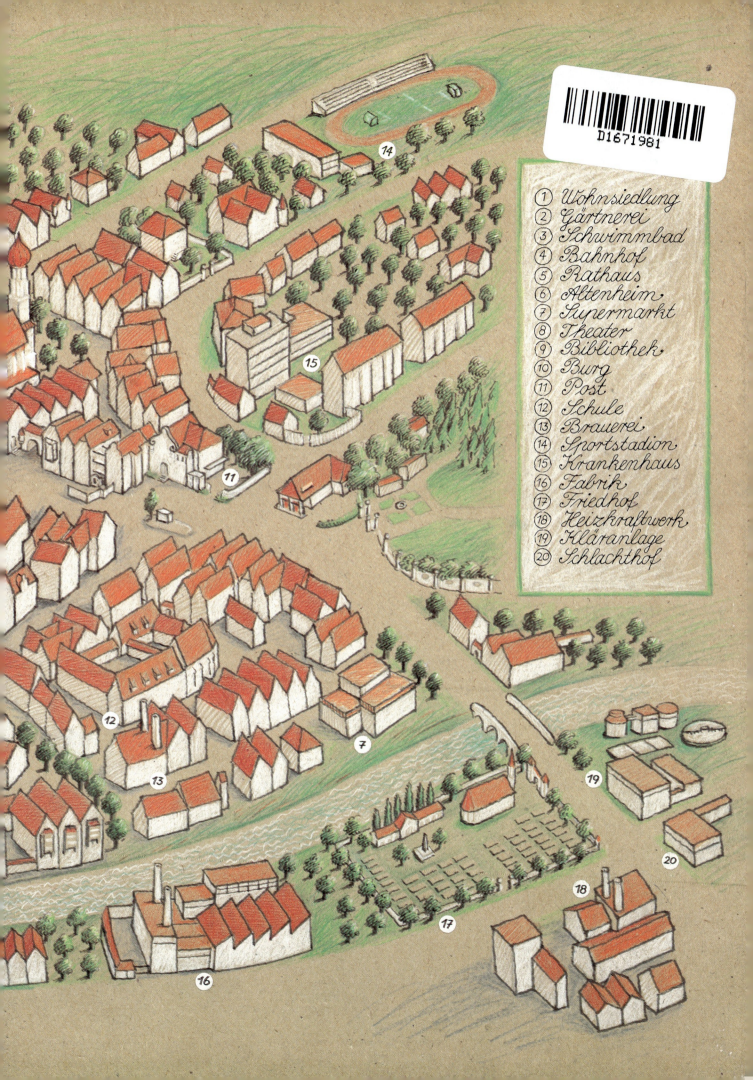

Ina und Walter Etschmann

Morgens in der Stadt

Lappan

»Auf Wiedersehen, Birgit«, ruft Vater, »bis heute mittag im Park«, und radelt los ins Büro. Jeden Morgen verläßt Vater als erster das Haus. Er ist aber nicht der einzige, der so früh auf den Beinen ist. Frau Hurtig bringt Oskar mit seinem Teddy in den Kindergarten. Inzwischen zieht Mutter Birgits kleinen Bruder Willi an und setzt ihn in den Kinderwagen. Dann sagt sie zu Birgit: »Komm, laß uns in die Stadt gehen. Wir haben heute morgen einiges vor.«

Im Kindergarten dürfen die Kinder die Fenster bemalen. Nun ärgert sich Birgit, daß sie unbedingt mit in die Stadt wollte und da nicht mitmalen kann. Am Fluß verfüttert Birgit die Hälfte von ihrem alten Brot an die Enten und Schwäne. Den Rest bekommen die Rehe und die Wildschweine im Park. Willi will auch ein Stück Brot haben.

Aus allen Richtungen kommen die Kinder zur Schule, zu F[uß] mit dem Rad und mit dem Bus. Vor dem Zebrastreifen hält [der] Schülerlotse die Autos an. »In einem Jahr gehst du hier au[ch] zur Schule, Birgit«, meint Mutter fröhlich. Birgit sieht sich d[en] Lehrer sehr genau an. »Willi auch Schule!« bemerkt Willi, u[nd] Birgit sagt: »Aber du gehst doch noch nicht mal in den Kind[er]garten!«

Die Läden haben schon geöffnet. Mutter kauft beim Bäcker frisches Brot und für jeden ein Hörnchen. Die Hörnchen sind noch warm. Willi entdeckt die große Kuh im Schaufenster des Milch- und Käseladens. »Muh, muh!« tönt er. »Richtig, Willi, eine Kuh!« sagt Birgit und streichelt ihm den Kopf. »Moment«, sagt Mutter, »wir brauchen auch noch Wurst und Käse.«

Auf dem Rathausplatz treffen sich immer viele Menschen. »Wollen wir hier eine kleine Pause machen?« fragt Mutter, als sie beim Brunnen sind. Sie bestellt beim Ober eine Tasse Kaffee und ein Glas Apfelsaft. Willi trinkt aus seiner Teeflasche. Ein älterer Herr spielt auf der Geige, und ein Pflastermaler malt ein Bild. »Vielen Dank!« sagt der Mann vom Zirkus, als Birgit dem Affen eine Münze in die Büchse wirft. Mutter hebt in der Bank noch Geld vom Konto ab.

Im Arzthaus ist eine Apotheke, in der Mutter Medizin für Willi kauft. Willi hustet manchmal nachts und bekommt keine Luft. Birgit und Willi warten vor der Apotheke. Willi will nicht stillsitzen und plumps! fällt er mit dem Wagen um. »Oh, Willi!« Birgit hilft dem weinenden Willi hoch und setzt ihn wieder in den Wagen. »Schau, Willi, da vorne ist eine Taufe!« Birgit steckt ihm den Schnuller in den Mund, und nun ist Willi wieder zufrieden.

»Können Sie mir sagen, was da passiert ist?« fragt Mutter einen Herrn. »Ein Radfahrer ist angefahren worden«, antwortet er, »der Krankenwagen ist schon da.« Der Junge auf der Bahre ist sehr blaß im Gesicht. »Ich glaube, es ist nicht so schlimm«, sagt der Herr, »aber das eine Bein muß geröntgt werden.« Der Krankenwagen rast mit lautem Sirenengeheul davon. Nachdenklich sehen alle dem Auto nach. Später im Kaufhaus darf sich Birgit eine neue Hose aussuchen. Willi braucht zwei Hemdchen.

Lange stehen sie vor dem Fenster der Tierhandlung und betrachten die Kaninchen. Willi grapscht gegen die Fensterscheibe. Auf dem Markt vor der Kirche werden Kartoffeln, Eier, Butter und viele Sorten Obst und Gemüse angeboten.
Birgit und ein anderes Mädchen streicheln die kleinen flauschigen Entchen in der Kiste. Zu gerne würde sie eines mitnehmen, aber Mutter will davon nichts wissen: »Wir können es doch nicht in der Badewanne großziehen!«

»Schade um die schönen alten Häuser!« seufzt Mutter an der Baustelle. »Aber das neue Haus ist doch auch sehr schön«, meint Birgit. Dann gucken alle drei den bemalten Bauzaun an. »Muh?« fragt Willi. Er kann die Tiere nicht genau erkennen. »Nein, Willi, das sind Fantasietiere, die gibt es nicht wirklich. Die sind von Kindern erfunden worden«, erklärt Mutter. »Sag' mal, Willi, hast du etwa deinen Schnuller aus dem Wagen geworfen?«

An der Post darf Willi den Brief an Oma in den Briefkasten werfen. Ein Herr bringt eilig Päckchen und Briefe zur Post. Andere Leute kaufen Briefmarken oder telefonieren. Im Hof hinter der Post werden Pakete in Postautos verladen. »Vielleicht haben wir heute auch einen Brief bekommen?« fragt Birgit. Mutter schaut auf die Uhr. »Nun müssen wir uns aber etwas beeilen, ich muß nachher pünktlich im Geschäft sein.«

Eine Katze hat sich auf einem Baum verstiegen. Nun kann sie nicht mehr herunter und miaut jämmerlich. Der Tankwart hat die Feuerwehr gerufen. Mit der großen Drehleiter versucht ein Feuerwehrmann, an die Katze heranzukommen. »Ich habe gedacht, das gibt es nur im Bilderbuch!« staunt Mutter. Willi ist begeistert vom Feuerwehrauto. Er hat nämlich auch eines, aber nur ein ganz kleines. Vor der Autowerkstatt steht Frau Hurtig und bringt ihren Wagen zur Reparatur. Sie zeigt dem Mechaniker, wo es immer so seltsam klappert.

Im Park verfüttert Birgit ihr Brot an die Rehe und die Wildschweine. Mutter zeigt Willi den Fuchs und den Waschbären. Da kommt Vater angeradelt. »Da seid ihr ja!« lacht er. »Na, Birgit, erzähl' mal, was habt ihr heute vormittag alles erlebt?« Er geht jetzt mit Birgit und Willi nach Hause, und Mutter fährt mit dem Rad zur Arbeit. »Auf Wiedersehen«, ruft sie, »bis heute abend!«